Dominante Vrouw

Overheersing en erotische onderwerping

Erika Sanders

Dominante Vrouw

Erika Sanders

Serie
Overheersing en erotische onderwerping

Korte inhoud

5

In een normaal en saai huwelijk heeft de man een fantasie over hoe het zou zijn als zijn vrouw dominant in bed zou zijn.

Op een dag maakt hij gebruik van een vraag van haar om te proberen zijn fantasie te vervullen en zijn vrouw de controle over seks over te laten nemen.

Of was het een vergissing met gevolgen die je niet kon voorzien...?

Of was het een goede beslissing ...?

Dominante Vrouw is een roman met een sterk erotisch BDSM-gehalte en, op zijn beurt, een nieuwe roman die behoort tot de collectie Domination and erotic submission, een serie romans met een hoog romantisch en erotisch BDSM-gehalte.

(Alle personages zijn 18 jaar of ouder)

Opmerking over de auteur:

Erika Sanders is een bekende internationale schrijfster, vertaald in meer dan twintig talen, die haar meest erotische geschriften, ver van haar gebruikelijke proza, ondertekent met haar meisjesnaam.

Inhoudsopgave:

DOMINANTE VROUW
ERIKA SANDERS

HOOFDSTUK 1

Het was allemaal onschuldig begonnen.

Ik had altijd al gefantaseerd dat mijn vrouw meer controle zou krijgen in bed, en toen ze vroeg of ze me kon vastbinden, maakte ik van de gelegenheid gebruik.

Hij haalde een paar van mijn oude stropdassen uit de kast en bond me met open benen aan het bed vast.

In plaats van me te berijden, blinddoekte hij me.

Dat was prima, niet wat ik had verwacht, maar het was een leuke touch.

Eindelijk werd mijn wens vervuld, maar het leek erop dat ik iets vergeten was.

Iets heel belangrijks.

Zoals ik al zei, ik had altijd al gefantaseerd dat mijn vrouw de touwtjes in handen zou nemen.

Ik had nooit gedacht dat ze er zo goed in zou zijn.

Ze plaagde me meedogenloos, zoog me hard en liet haar sappige seks over mijn borst glijden en terug in mijn mond zodat ik het kon eten, terwijl ze ondertussen in mijn tepels kneep of mijn pik tegen mijn buik sloeg.

"Alsjeblieft Meesteres, ik moet komen. Ik heb het nu echt nodig."

Hij wist niet zeker wanneer hij haar Meesteres was gaan noemen tijdens de avondspelen, maar het leek zoveel gemakkelijker nu het was begonnen.

"Mmmmm ... is de slaaf geil? Wil hij geneukt worden?"

Ik had niet eens tijd om me af te vragen over haar verandering van toon of hoe ze me noemde, want er was een inbreuk die er niet had mogen zijn.

Ze stak een gesmeerde vinger in mijn strakke kont, iets wat niemand ooit eerder had gedaan.

"Nee-uh-huh," gromde ik, in een poging haar tegen te houden, maar het was te laat.

Hij duwde zijn tastende vinger helemaal naar beneden en begon hem toen in en uit mijn kont te duwen.

Hoe meer ik het deed, hoe meer ik me realiseerde dat het niet zo erg was als ik dacht.

Ik voelde me vol, maar elke keer dat ik het eruit haalde, voelde het gevaarlijk aan alsof ik naar de badkamer moest.

Maar toen ik er eenmaal overheen was, voelde ik me redelijk goed.

Hell, wie maakte hij een grapje, het voelde echt goed.

'De slaaf vindt het lekker, toch?' Vroeg mijn vrouw.

Het was moeilijk toe te geven, maar ik knikte.

"Ja . . ."

Ze trok haar vingers terug.

Ik bad dat hij het opnieuw zou doen en tegelijkertijd zou masturberen.

Maar in plaats daarvan hoorde ik haar wat meer glijmiddel eruit persen en de ingang van mijn kont weer smeren.

'Wil de slaaf twee vingers in zijn kont?' zij vroeg.

Ik heb mijn vrouw nog nooit vies horen praten.

Behalve de paar keer dat ze bijna klaar was met een orgasme en ze zei dat ik haar kutje moest neuken.

Zelfs toen twijfelde hij, alsof hij bang was om zo'n ondeugend woord te zeggen.

Deze nieuwe houding van haar was totaal onverwacht.

Na jarenlang dominant te zijn geweest, was het een enorme verandering om plotseling de persoon te zijn wiens grenzen werden verlegd.

Het was erotisch, ja, maar het was ook een beetje eng.

"Ja," antwoordde ik.

"De slaaf moet zeggen:" Ja, doe het, meesteres "."

Waarom noemde hij me steeds de slaaf?

Het moet een soort rollenspel zijn.

Het was een beetje griezelig en ongemakkelijk, maar niet genoeg om mijn behoefte om los te komen te verzachten.

'Ja, de slaaf wil het, meesteres', zei ik.

Ze duwde haar vingers in me.

Voordat ik me vol voelde en het was een beetje vreemd, maar deze keer was het alsof ik werd uitgerekt... verbreed.

En toen hij me begon te neuken, kon ik de natte geluiden van zijn gesmeerde vingers in me horen komen.

Ik voelde me een beetje vies.

Ik wist dat ik op de een of andere manier meer opgaf dan alleen mijn anale maagdelijkheid, omdat het gevoel van controle dat ik had helemaal van haar was.

Ik deed mijn best om te voorkomen dat mijn lichaam reageerde.

Ik probeerde het gegrom en gekreun dat uit mijn mond wilde komen te stoppen, ik probeerde de stuwkracht van mijn heupen en de spreiding van mijn benen te stoppen, maar het was allemaal nutteloos.

"Wat een teef. De slaaf vindt het heerlijk, nietwaar? De slaaf vindt het heerlijk om in de kont geneukt te worden. Hij vindt het heerlijk om 'gebruikt' te worden."

"Ja," gaf ik toe, niet in staat om de situatie te bestrijden, de rol te aanvaarden die hij me had gegeven en mezelf voor zijn vingers open te stellen.

Het duurde niet lang of hij duwde tegen haar aan.

'De slaaf vindt het heerlijk. De slaaf wil komen,' smeekte ik hem.

Mijn vrouw hield haar vingers stil en ik bleef zo goed mogelijk tegen haar aan bewegen, ondanks mijn beperkingen.

Ik wist wat ik deed.

Hij gaf toe dat hij van hem hield.

Dat ze me niet dwong.

En het kon me niet schelen.

"De slaaf vindt het heerlijk. Mijn teef vindt het heerlijk in haar vuile kont, toch?"

"Ja, de slaaf wil het."

Ze raakte mijn pik aan.

'De slaaf heeft het heel moeilijk. Hij is een hoer omdat hij dit wil. Ik wed dat hij nu wil komen.'

"Mmmm" kreunde ik. 'De slaaf wil nu echt komen.'

"Maar wat zou de slaaf doen als hij zou komen, hmmmm?" zij vroeg.

"IETS!" Kreunde ik.

"Iets?" zij vroeg. "Is de slaaf veilig?"

"Ja," hij was bijna buiten adem. "De slaaf is erg veilig."

'Zou je de minnaar van je Meesteres je laten neuken? Zou je het ons hier laten doen met de slaaf in de kamer?'

HOOFDSTUK 2

WOW, dat was behoorlijk verwarrend.

Ik was toch de minnaar van mijn vrouw?

En het huis was toch leeg?

Een spel. . . dat moest het zijn.

"Ja mevrouw," antwoordde ik.

Ze kwam uit bed, liep de kamer uit en liet me nog steeds willen.

Ik hoorde het gedempte geluid van praten met iemand.

Er kon niemand anders zijn.

Hij wist zeker dat het huis leeg was.

Maar als het leeg was, met wie had hij het dan?

Ik wou dat ik niet geblinddoekt was.

De kamer werd ineens erg koud en het spel leek niet meer zo op een spel.

Mijn hulpeloosheid en de situatie waarin ik me bevond, hebben eindelijk mijn ziel geraakt.

De deur ging open en ik deed mijn best om mijn benen te sluiten in een poging de overgebleven bescheidenheid te beschermen.

'Hier is het,' zei mijn vrouw. 'Zoals ik al zei. De teef die ervan houdt om in haar kont geneukt te worden.'

Ik besefte wat ik eerder was vergeten: een veilig woord.

Ik had er geen.

Mijn vrouw had het gehad over het neuken van haar minnaar, maar uit de dingen die ze zei, zou ik degene kunnen zijn die geneukt wordt.

Ik brak.

Zelfs als het een spel was, was het te intens geworden.

Ik trok aan mijn beperkingen.

"Schat," smeekte ik hem.

Het was moeilijk voor mij om te ademen.

Ik begon tranen te vergieten die werden geabsorbeerd door de stropdas die mijn ogen bedekte.

'Sst,' zei hij, terwijl hij me aaide, me geruststellend. 'Is de vos bang?'

"Ja", gaf ik toe.

Hij kon nu wat gemakkelijker ademen, maar hij beefde nog steeds.

Gelukkig heeft mijn vrouw de blinddoek verwijderd.

Ik keek de kamer rond.

Er was daar verder niemand.

"Het beste?" zij vroeg.

'Ja,' zuchtte ik opgelucht.

'Goed,' zei ze, terwijl ze op het bed klom en schrijlings op mijn gezicht ging zitten.

Maar haar geslacht was buiten mijn bereik.

Ze spreidde de natte lippen van haar seks en stak een vinger naar binnen, neukte zichzelf, speelde met me, plaagde me, me afvragend hoeveel ik hem wilde hebben.

Toen hield hij zijn geslacht open en liet het naar mijn mond zakken terwijl hij wachtte.

Maar toen ik haar probeerde te kussen en haar plezier wilde doen, trok ze zich lachend terug.

'Kijk,' zei hij tegen niemand in het bijzonder. 'Ik zei toch dat ik een hoer was. Mijn eigen zwakke slaafje.'

Hij duwde een natte vinger in mijn mond.

Ik was doordrenkt van de smaak.

Ik zoog erop en liet het schoon achter terwijl ik het in en uit mijn lippen duwde.

"Ja, hij is toch mijn 'zwakke slaaf'?" vroeg ze me, alsof ze met een baby praatte.

"Ik ben het, ik bedoel, ik ben uw slaaf, meesteres," antwoordde ik.

"De slaaf warmt zijn Meesteres op en zorgt ervoor dat haar Meesteres de dikke lul van haar minnaar wil."

Mijn vrouw kwam langs.

Ik verwachtte haar hand om mijn pik te voelen wikkelen en me af te trekken terwijl ik haar behaagde, maar in plaats daarvan, toen haar hand terugkwam, bevatte het iets waarvan ik niet wist dat ik het had: een dildo!

En ook niet zomaar een dildo.

Het was groot.

Veel groter dan mijn pik en hij was zwart.

Hij kuste het, wreef het toen tussen haar borsten en schoof het uiteindelijk heen en weer tussen de lippen van haar geslacht.

"God, ik kan niet wachten om je dikke lul in mijn poesje te voelen," zei hij, en toen legde hij de dildo tegen mijn lippen. "Zuig de pik van mijn verdomde minnaar. Maak het moeilijk voor je Meesteres."

Ik keek mijn vrouw in de ogen en verwachtte bijna een glimlach te zien.

Een glimlach die me zou hebben gedood, maar die er niet was.

In plaats daarvan waren zijn ogen samengeknepen van plezier.

Ik deed mijn lippen van elkaar en zoog hem, genietend van de latex en musk van haar seks.

Hij pompte het een paar minuten in en uit mijn mond en op mijn lippen terwijl hij het kuste.

"Mijn meesteres is toch ook de verdomde lul van de slaaf?"

Ik kon geen antwoord geven, maar de dildo in mijn mond zei veel.

"Hij is er nu klaar voor, wees geen hebzuchtig kreng." zei ze, terwijl ze het uit mijn mond haalde. 'Ik ga hem nu laten gaan. Wordt hij een goede slaaf van zijn Meesteres?'

"Ja meesteres," antwoordde ik, terwijl ze mijn boeien losmaakte.

"Onthoud gewoon DAT," zei hij, wijzend op mijn pik, "het is van mij."

Toen ik vrij was, verplaatste ze me naar het midden van het bed, nog steeds op mijn rug.

Daar aangekomen klom ze op mijn gezicht en reikte toen achter haar en duwde de dildo naar haar geslacht.

"Oh God," hijgde ze, terwijl ze hem naar binnen duwde. "Wat een lul. Umm-mmm-zo verdomd groot."

Ik was even jaloers.

Ja, jaloers op een levenloos object.

Vanuit mijn positie kon ik zien dat hij haar rekte en vulde op een manier die ik nooit zou kunnen.

Ik probeerde me niet door haar te laten lastigvallen terwijl ik met hernieuwd enthousiasme met mijn tong naar haar klitje uithaalde.

'Kijk,' zei hij tegen zijn denkbeeldige minnaar. "Kijk, ik zei toch dat de kleine teef wilde zien hoe je me neukte. Oh, liefje, je lul is zo groot en het voelt zo goed. Je gaat me laten klaarkomen, je gaat me overal laten klaarkomen haar gezicht."

Ze schreeuwde het uit van plezier en haar lichaam spande zich.

Ze drukte haar geslacht met verpletterende kracht tegen mijn mond, terwijl ze tegen me aan botste.

"Fuck, fuck, fuck, fuck."

Ze trok de dildo uit haar geslacht en bedekte mijn mond met de opening van haar geslacht.

"Proef mijn melk, drink het," beval hij.

Terwijl ik goed van haar dronk, pompte ze mijn pik.

Toen ik als reactie met mijn heupen schudde, voelde ik de dildo tegen mijn kont drukken.

'Spreid je benen, trut. Geef jezelf over aan mijn minnaar,' eiste mijn vrouw.

Hij was hier niet klaar voor en hij ging te ver.

'Maak er een hoer van,' zei hij.

Zijn stem gaf geen ongehoorzaamheid toe.

Ik spreid mijn benen.

Hij noemde me niet alleen een hoer, ik voelde me er ook zo een.

Hij duwde de dildo tegen mijn kont en probeerde hem te forceren.

Het zou niet werken.

Ik probeerde me te ontspannen.

Ik probeerde het te verdragen, maar het was te groot en het deed teveel pijn.

Ik schreeuwde elke keer dat ze duwde.

'Het is te groot voor de slaaf, is het niet?' vroeg ze meelevend. "Het is een te grote lul voor haar vuile kleine kont."

Ik knikte opgelucht.

Mijn kont brandde nog steeds.

"Zeg het!" eiste.

Toen ik wilde dat mijn vrouw het heft in handen nam, had ik hier niet aan gedacht.

Hij moest me vastbinden en dan doen wat ik wilde dat hij deed.

In plaats daarvan dwong ze me te doen wat 'ze' wilde doen en te zeggen wat 'ze' wilde dat ik zei.

"Hij is, hij is te groot", God, het was moeilijk te zeggen.

Het had me bijna meer genaaid om het toe te geven dan iets anders, maar ik wist dat ik het onmogelijk kon verdragen.

"Het is te groot voor mijn vuile kont."

Gelukkig legde hij de dildo neer en drukte zijn vingers tegen mijn gerimpelde gaatje.

Ze gleden gemakkelijk uit.

Kreunde ik als antwoord.

"Maar mijn slaaf houdt van de vingers van zijn Meesteres, nietwaar? Hij moet zijn benen wijder spreiden en ze uit het pad van zijn Meesteres krijgen."

'Ja, zo vindt de slaaf het veel leuker.'

Ik deed wat ze zei, mijn handen achter mijn knieën plaatsen en mijn benen naar mijn borst trekken.

'Meer,' zei ze. "Laat het aan mij over."

Ik stond nog een beetje op.

Mijn kont verliet het bed.

Ik kon gemakkelijk zien hoe ze mijn pik aan het pompen was met de ene hand en mijn kont streelde met de andere.

"Oh ja, dat is het. Laat het aan mij over." Ze keek me aan alsof ze van mij was. 'Het is allemaal van mij, hè?'

"Umm ja," gromde ik.

"Voelt de slaaf zich als een hoer?" zij vroeg. 'Voelt hij zich als' mijn 'hoer?'

Ik voelde me een hoer.

Niemand die zijn zout waard is, zou zich in de positie bevinden waarin hij zich bevond.

Erger nog, ik vond het geweldig.

"Ja," gromde ik als antwoord.

Was het mijn verbeelding of was het mijn hogere stem?

"Ja, mijn slaaf ziet eruit als een hoer en klinkt zelfs als een hoer. Hoe kan hij zich geen hoer voelen?" zei ze, en ik kreunde als antwoord. "Je wilt hem, nee, trut. En hij gaat me al zijn zaad geven, toch? Oh ja, hij wil zo graag komen, maar wat zou mijn slaaf doen om te komen?" Zeide hij, terwijl hij mijn pik losliet en mijn gezwollen ballen in zijn hand rolde, terwijl hij mijn anus bleef onderzoeken.

"Alles," antwoordde ik en meende het.

Mijn ballen leken te exploderen.

"Zou mijn slaaf het sperma van de minnaar van zijn Meesteres drinken? Zou hij zijn vuile lul schoonmaken?"

"Ja! Alsjeblieft, alles, alsjeblieft, laat me gewoon komen"

'Klaag er dan over, trut.'

"Ugh, oh ja!" Smeekte ik als antwoord.

Ze hield mijn pik bij de basis vast en speelde tegen de onderkant, me plagend.

'Bitches klagen niet zo. En ze zei dat ze mijn bitch was, toch?'

"Ja. Ja ... ik ... Ze is ... je hoer," antwoordde ik en werd beloond met een kusje op de kop van mijn lul.

Ik schrapte mezelf van binnen.

Zou ik dit echt kunnen doen?

Wat zou mijn vrouw van me denken als ik dat deed?

Hoe zou onze relatie er later uitzien?

Ik kon er niet omheen.

"Mmmmmm" kreunde ik zachtjes.

Het was niet een erg mannelijke kreun.

Dat was verre van.

Het was het kreunen van een vrouw.

Het soort dat ik had gehoord, niet van mijn vrouw, maar van het kijken naar sekstapes.

Ze beloonde me door de kop van mijn pik in haar mond te zuigen en hem er dan weer uit te trekken.

'Dat is beter, maar ze kan het toch beter doen, nietwaar?'

Ik voelde het sperma in mij koken.

"Mmmmm- uuhhhhh" gromde ik harder.

Ze sloeg haar mond van mijn pik.

"Ja, dat is het. Dat is het soort geluid dat een teef maakt. Dat is het soort geluid dat je Meesteres wil horen, maar je Meesteres wil meer voordat ze haar slaaf laat komen. Ze wil het hele pakket."

Het hele pakket?

Wat wilde ze?

Het was erg moeilijk om na te denken.

Mijn lichaam stond in brand.

Ik was wanhopig om te komen.

Ik dacht aan enkele van de pornobanden die ik vroeger keek.

Welk meisje was het beste?

Wie dacht ik dat de grootste teef was?

Wat zij deed?

Ik herinnerde me de tape en ik herinnerde me het meisje, een magere blondine.

Het leek erop dat ze werd vermoord terwijl ze werd geneukt, maar ze deed haar best.

Ze spreidde haar benen en trok ze bij elke stoot terug.

Ze beet op haar lip, speelde met haar tepels, zoog aan haar vinger.

Ze praatte smerig.

Ze was een pieper.

Maar lieve Heer, zou ik dat kunnen doen?

Was ik er zelfs zeker van dat het was wat mijn Meesteres, ik bedoel, mijn vrouw wilde?

Ik bad dat het zo zou zijn.

"Mmmmmm, neuk me. Geef het me hard."

Ik duwde mijn benen uit elkaar, gaf mezelf aan haar over en beet op mijn onderlip.

Hij hoopte dat het was wat ze wilde.

Als dat niet zo was, had ik mezelf nog veel meer belachelijk gemaakt.

Ik voelde dat hij nog een vinger aan de twee toevoegde waarmee hij al in mijn kont stak en hij zoog mijn pik met zijn mond.

Dat 'was' wat ze wilde.

En ik ontdekte dat ik het hem kon geven.

Het was gemakkelijk toen ik eenmaal begon.

Ik kneep in mijn tepels.

Ik beet op mijn lip.

Ik drukte mezelf op zijn vingers.

Ik sprak vies.

Oh God, ik geef het niet graag toe, maar ik schreeuwde zelfs.

Ze pompte haar gezicht op en neer over mijn pik in korte slagen die gelijke tred hielden met de vingers die mijn kont pompten.

Op en neer, in en uit, terwijl ik huilde bij elke stoot.

"Ugh-Ugh-Ugh. Oh God, mmmmmmmmmm, ik ga komen!" Ik schreeuwde.

Mijn ballen trokken samen, hete sperma pompten en mijn geschreeuw werd overstemd door zijn seks, terwijl hij zich weer over me heen boog.

Het voelde alsof mijn ziel in krachtige explosies uit mijn pik ontsnapte terwijl alles in de aangename holte van zijn mond werd gezogen.

HOOFDSTUK 3

Toen ik klaar was, was ik zwak, versuft en lag ik op het bed als een gekreukt laken.

Ze klom op mijn lichaam en ging schrijlings op me zitten, knielde neer en sloeg mijn armen onder haar knieën.

Ze glimlachte en haar ogen straalden van kracht en lust.

Mijn sperma glinsterde tussen haar lippen tegen het geverfde rood van haar lippenstift.

Hij tilde de dildo op en legde hem onder zijn mond.

Zijn glimlach werd boos toen zijn lippen tuitte en mijn sperma sijpelde uit zijn mond in een lange streng, landde op zijn zwarte pik en rende langs zijn hele lengte.

"Zuig het slaaf. Laat mijn minnaar in je mond klaarkomen."

Ik wilde het niet doen.

Ik zou een paar ogenblikken geleden waarschijnlijk ongerust zijn geweest, zelfs toen ik zei dat ik dat zou doen.

Maar nu was het niet meer aan.

Ik was tevreden en het spel zou voorbij moeten zijn.

Ik wilde niet meer spelen.

'De slaaf heeft het beloofd, is het niet?'

Mijn sperma bewoog zich al weg van de kop van de haan en vormde een lange streng richting mijn lippen.

Hij zou me toch slaan, toch?

Dus hoe zou ik eruit zien met mijn sperma op mijn gezicht?

Ik deed mijn mond open.

De reeks sperma kwam binnen.

'Ja ...' siste mijn vrouw, haar ogen fonkelden. 'Ja, dat is het. Laat mijn geliefde in je mond komen ... maar slik het niet door, nog niet.'

Mijn vrouw duwde zijn pik tussen mijn lippen.

Ik kon de bittere smaak van mijn sperma proeven tegen de smaak van latex op mijn pik.

Het was niet de eerste keer dat ik het probeerde.

Maar met een mondvol sperma tussen mijn tanden en het bedekken van de rubberen dildo was een lange weg van het per ongeluk proeven van mijn overblijfselen van de lippen van mijn vrouw na het ontvangen van een pijpbeurt.

De hand van mijn vrouw ging naar haar kruis, vingers over haar clitoris gedraaid.

"God, je bent zo heet, mijn watje, kleine slaaf!" kreunde ze. "Zo vies. Kleine teef."

Ze pompte de dildo in en uit mijn mond.

"Je gaat me weer laten klaarkomen," hijgde hij, terwijl hij de dildo uit mijn mond trok en opzij gooide. "Open je mond. Open het en slik sperma en laat me het zien, laat me het sperma van mijn geliefde zien."

Ik opende mijn mond en deed het sperma op mijn tong.

Mijn vrouw verstijfde, haar bekken puilde uit toen ze een orgasme kreeg.

Ze pakte me vast met haar armen en benen en omhelsde me stevig.

Ze kuste me hongerig en we gaven mijn sperma heen en weer en wisselden het uit.

Ze zakte bovenop me in elkaar en bewoog niet.

Ik kon ook niet.

Onze twee lichamen verstrengelden zich als een soort zweterige puzzel.

Ik was uitgeput en het deed pijn.

Maar het was een goede pijn.

Ik vroeg me af wat er was gebeurd en hoe dit onze relatie zou beïnvloeden.

Het was geweldig geweest.

Ik ben nog nooit in mijn leven zo gekomen.

Ik vroeg me af of hij een echte minnaar was geweest.

Zou je er al van genoten hebben?

Ik vroeg me af of ze het nog een keer wilde doen.

Ik vroeg me over veel dingen af.

Mijn vrouw stak haar hoofd van mijn borst.

'Wauw,' zei ze.

Het was het understatement van het jaar, maar ik voelde me toen veel zelfverzekerder.

"Wauw je hebt gelijk." Ik antwoordde.

Ze glimlachte, geen boze glimlach zoals voorheen, maar een beetje speels en als ik het me niet had voorgesteld, misschien ook een beetje verlegen.

'Denk je dat we de volgende keer kunnen zien of mijn geliefde een vriend heeft die hij kan meenemen, misschien iemand die wat kleiner voor je is?'

Het was verbazingwekkend hoe kalm hij die dingen kon zeggen die een aantal dingen konden betekenen.

Maar wat ze ook wilde zeggen, ze wist het antwoord dat ze wilde geven:

"Dat zou leuk zijn," antwoordde ik.

"Mmmmm ..." ze kuste me weer. "Je bent erg vies."

EEN HEEL DANKBARE BUURMAN
ERIKA SANDERS

HOOFDSTUK 1

Anytha controleerde haar mailbox om precies 6.40 uur, zoals ze elke dag deed, zelfs op zaterdag.

Hij was gewoon zo'n gewoontedier.

Dat en de bus van 5:15 terug van het werk.

Toen hij zijn brievenbus dichtdeed en zich omdraaide, rolde een knappe jongeman in een rolstoel.

Anytha glimlachte beleefd naar hem en ging naar de liften.

Hij had nog maar een paar stappen in die richting gezet of hij merkte dat de jongeman naar de bovenste rij brievenbussen had staan staren.

Ze draaide zich om en liet los:

"Heb je hulp nodig?"

"Eigenlijk zou dat geweldig zijn," antwoordde hij bedroefd. 'Vorige week heeft de portier mijn post opgehaald. Deze week is hij iemand anders en wil hij me er niet mee helpen. Hij zegt dat het illegaal is om de post van iemand anders te behandelen.'

'Het stormt,' verzekerde Anytha hem, pakte haar sleutel en stopte die in de juiste brievenbus. 'De gewone man komt volgende week terug. Beloof me alleen dat je de FBI niet belt, dan zullen ze me aangeven, oké?' zei hij met een glimlach.

Ze overhandigde hem een stapel enveloppen.

"God zegene de gemeenteraad." Hij ging verder met een vleugje bitterheid. "Architecten ontwerpen betaalbare appartementen, maar geen brievenbussen."

'Het spijt me,' zei Anytha, niet zeker wat ze nog meer te bieden had.

Plotseling sloeg ze haar voorhoofd en deed verbaasd een stap achteruit.

"Hoe zit het met mij? Hier ben ik in de aanwezigheid van een mooie, vriendelijke en begripvolle vrouw en alles wat ik kan doen is klagen. Alsof het op de een of andere manier jouw schuld was. Laat me opnieuw beginnen. Dank je, en ik meen het oprecht. Mijn naam is Brian. Je hebt het waarschijnlijk uit mijn e-mail begrepen, toch?"

'Ik ben Anytha,' zei ze, terwijl ze haar mailbox sloot. 'Je bent nieuw hier, hè?'

'Ik ben vorige week hier komen wonen. Wat kan ik doen om je te bedanken?'

"Wat, dat? Dat is niets. En ik ben hier elke dag om 6.40 uur, weet je, totdat de vaste keeper terug is. Ik help je graag."

"Niet om 18:45?" vroeg hij, een wenkbrauw optrekkend.

Ze lachte toen ze allebei naar de lift gingen.

'Nee, tenzij de bus te laat is. Als je niet veel leven hebt, is het makkelijker om op tijd te zijn.'

'Een mooie vrouw zoals jij, levenloos?' zei hij nadrukkelijk in ongeloof.

Ze bloosde.

"Je bent gewoon aardig."

'Laat me tenminste een biertje voor je halen.' Hij rolde de lift in.

"Ik hou echt niet van bier," weigerde ze verlegen.

'En dan? Je maakt het moeilijk om hier een heer te zijn. Margaritas, mojito's, cognac, champagne?'

'Ik bewaar alleen de wijn.'

Hij gooide zichzelf.

"Rood of wit, zoet of droog, lokaal of geïmporteerd?"

'Brian, echt, je hoeft niet...'

Toen de deuren op haar vloer opengingen, rolde hij voor haar uit.

'Ik laat je pas gaan als je antwoord hebt gegeven.'

Ze rolde met haar ogen.

"Heel goed, jij wint. Wit, droog en goedkoop."

'Mijn soort meisje,' zei hij met een knipoog en deed een stap achteruit zodat ze uit de lift kon stappen.

Ze schudde geërgerd haar hoofd, maar glimlachte naar de deur van haar appartement.

HOOFDSTUK 2

De volgende dag stond hij haar op te wachten toen ze de lobby binnenkwam en met haar paraplu worstelde.

Ze glimlachte aangenaam verrast, pakte haar sleutel om haar post te doorzoeken en opende toen haar eigen doos.

Hij wachtte geduldig tot ze zich omdraaide en naar de lift liep en zich naast haar omdraaide.

'Ik zal je ontvoeren en je het glas wijn van gisteren laten accepteren. Ik heb drie verschillende smaken om uit te kiezen.'

"Smaken?" zei ze met een frons. 'We hebben het toch niet over wijnen met fruitsmaak?'

"Ik maak een grapje", verontschuldigde hij zich.

'Nou, dat is prima. Ik denk dat je me dan wel kunt ontvoeren. Maar alleen voor één.'

Een glimlach speelde om zijn mondhoeken toen hij naar de lift rolde.

Toen hij haar een paar minuten later naar zijn appartement leidde, was ze onder de indruk van de ingetogen maar elegante inrichting.

Hij sloeg haar aanbod van hulp af en beval haar om "het zich gemakkelijk te maken" op de grote bank terwijl hij naar de keuken liep en de wijn ging schenken.

Anytha keek hem aan toen hij over de lage toonbank liep.

Ik had gisteren niet veel gemerkt, behalve haar over het algemeen aantrekkelijke karakter, met lachende ogen, vrij kort, golvend blond haar en een sterke, hoekige kaak.

Nu zonder dikke jas, vond hij zijn schouders en borst erg breed, zijn armen erg gespierd.

Toen hij naar haar keek, keek ze snel weg en bloosde.

'Wauw,' zei ze. "Je hebt een veel beter zicht dan de mijne. Het is ongelooflijk wat je een paar meter hoger kunt doen."

'De lichten in de stad zijn 's nachts best aardig. Misschien kan ik je overtuigen om tot die tijd te blijven als ik je een paar glazen wijn inschenk.'

Anytha keek hem aan, maar ze glimlachte spottend.

'Ik zei net een drankje,' herinnerde hij haar.

Hij haalde zijn schouders op.

'Als een man een mooie vrouw ontvoert, kun je hem niet kwalijk nemen dat hij probeert het genot te verlengen. Chardonnay, Sauvignon Blanco of Bacardi?'

'Chardonnay,' antwoordde ze, en ging toen naar zijn handen op haar schoot kijken. "Dat moet je niet altijd zeggen."

Hij fronste.

"Om dat te zeggen?"

"Ik ben niet mooi."

Hij stopte met wat hij aan het doen was en rolde over het aanrecht naar haar toe.

"Wie je hiervan heeft overtuigd, verdient een uitdaging, en ik ben het type om dat te doen. Geef me een naam!"

Toen ze besefte dat hij niet zou bewegen zonder een antwoord, mompelde ze:

'Een slechte relatie. Het is voorbij. Het is weg.'

Hij keek haar even aan, gaf toen toe en ging terug naar de keuken.

'Heb je daarom geen leven? Een klootzak die geen idee had hoe goed het was?'

Ze tilde haar kin op en glimlachte, maar hij merkte dat ze nog steeds in haar handen zat te wringen.

"Ik denk dat het me selectiever heeft gemaakt," zei ze.

Even later kwam hij terug met een biertje op schoot en een groot glas wijn in de hand.

Op de een of andere manier slaagde hij erin zijn stoel met één hand te rollen.

Hij boog zelfs lichtjes toen hij haar de wijn aanbood.

'Uw drankje, mevrouw.'

"Dank u, meneer," antwoordde ze en lachte zachtjes.

Hij nam zijn bier, opende het deksel, gooide het voorzichtig in een verre vuilnisbak en tilde de fles naar haar op.

"Voor de geweldige buren."

Ze duwde haar glas tegen haar fles.

'Ching, Ching,' stemde ze toe.

HOOFDSTUK 3

Een tijdlang praatten ze doelloos over werk en gezin, huisgenoten, problemen met het openbaar vervoer en andere zaken die met hun comfortzone te maken hadden.

Toen Anytha zich verontschuldigde voor het gebruik van haar badkamer, vulde hij stiekem haar wijnglas bij uit de fles die ze in een zijvak van haar stoel had bewaard.

Toen ze terugkwam en achterdochtig naar het glas keek, volgde een effectievere afleidingstechniek.

'Je hebt me niet gevraagd hoe ik in die stoel ben beland', zei hij.

'O,' antwoordde ze, terwijl ze een grote slok van de wijn nam. "Het zijn echt mijn zaken niet."

Brian gaf zichzelf een denkbeeldig schouderklopje.

Deze tactiek werkt altijd.

"En je ex gaat mij niets aan. Ik heb één suggestie, ik zal je mijn verhaal vertellen als jij mij het jouwe vertelt."

"Niet echt ..."

"Ik was stom. Ik dronk te veel. Ik stapte op een motor. Ik raakte een stuk grind, toen raakte ik een sloot, toen raakte ik een boom. Tenminste, dat is wat ze me vertellen. Ik herinner me niets van dat. Maar nu werkt niets. vanaf de taille.'

'Het spijt me zo,' zei ze terwijl ze haar hand op de zijne legde.

'Niet doen. Ik ben er nog. Ik heb nog steeds plezier. En het mooiste is,' hij boog zich naar haar toe. "Mooie vrouwen zien mij niet als een grote bedreiging voor stoere jongens als ik ze naar mijn afdeling probeer te lokken." Hij leunde achterover in zijn stoel. 'Ik beweeg in de schaduw, schat.'

Anytha keek hem aan en trok een wenkbrauw op.

'Je was een verdedigende speler,' waagde ze een gok.

Hij lachte blij.

'Aanvallend. Centrum, af en toe.' Hij haalde zijn schouders op. "Het is niet goed genoeg voor professionals, maar je zou denken dat het in ieder geval makkelijker zou zijn om op de campus op date te gaan. Als ik contact had opgenomen met een lieve dame die op dat moment in haar brievenbus zat, had ik ze kunnen kopen voor een drankje in mijn kamer. Nou, ze liepen meestal ook niet snel genoeg. Natuurlijk kregen de quarterbacks en receivers de goede pers. We waren gewoon "de lijn" die moest voorkomen dat de schattige quarterback zou vallen.

"Maar vorig jaar op school kwam ik terug en in plaats van zes voet, zes tweehonderdzestig pond ijzeren spier, heb ik een stoel van vier voet zonder motor. Nu praten meisjes tegen me, maar alleen over hoe ik me voel, ze vinden het erg jammer."

'Oh ik...' Anytha keek naar haar schoot.

'Behalve jij,' onderbrak ze. 'Afgezien van het feit dat je je te vaak verontschuldigt, heb ik geen spoor van medelijden. Het is verfrissend. En als je het echt goed verbergt, vertel het me dan alsjeblieft niet. Laat me leven met mijn fantasie.'

Deze keer vulde hij zijn wijnglas bij zonder ook maar iets te faken.

Ze leek haar vooraf ingestelde limiet niet op te merken of zich te herinneren.

'Daar heb ik mijn ziel ontdekt. Nu is het jouw beurt.'

Hij haalde nog een biertje uit zijn stoelzak en sloeg weer perfect op het deksel.

'Eh, ik...' Anytha wrong haar handen weer in de lucht.

Hij nam zijn glas wijn en sloot zijn vingers om de hals van de voet om iets anders te doen.

'Heeft hij je verteld dat je niet mooi bent?' vroeg Brian rustig.

'Nee, dat heeft hij nooit gezegd,' zei ze hoofdschuddend.

'Heeft hij je verteld dat je mooi bent?'

"Hm nee." Hij nam een lange slok van de wijn.

'Laat me dan raden. Hij wees steeds op tekortkomingen. Heb ik gelijk?'

Ze knikte nors.

"Hij vertelde me dat ik moest afvallen en als ik probeerde wat af te vallen, zei hij dat mijn borsten nu te klein waren. Hij zei dat ik mijn haar moest knippen en als ik dat deed, zou hij mijn stijl belachelijk maken. klopt. Zelfs degene die hij voor me kocht. Hij liet me gekleurde lenzen dragen omdat mijn ogen dof waren, maar toen klaagde hij dat de kleur te nep was. Hij liet me belachelijk hoge hakken dragen, maar toen werd hij boos omdat ik hem vertelde dat zijn voet pijn. "

Brian wachtte geduldig tot ze zich ontspande, pakte toen haar hand en hield die stevig vast.

'Hij heeft je ook verteld dat je vreselijk was in bed, toch?' Ze knikte maar keek niet op.

Even later stak hij zijn vrije hand uit, pakte haar kin vast en tilde die op.

"Ik zweer dat dit allemaal niet waar is. Nou, oké, ik kan niet instaan voor het seksgedeelte, maar ik ben met genoeg vrouwen geweest om een heel goed idee te krijgen van hoe je in bed zult zijn , net zoals je je voelt. Je komt uit bed. En Anytha, je komt er overheen. Je moet een beetje gaan ontspannen. "

Ze glimlachte verdrietig.

"Dus dat therapie-ding dat je graag met meisjes doet. Is het maar een bijbaantje of verdien je er veel geld mee?"

Hij lachte.

'Ik incasseer mijn betaling met een glimlach,' zei hij terwijl hij zijn armen spreidde. 'Ik wil dat je hierheen komt en op mijn schoot gaat zitten om je een knuffel te geven.'

"Weet je het zeker? Ik bedoel..."

'Ze zijn niet gebroken,' zei hij, terwijl hij op zijn dij klopte. "Ze doen gewoon niets wat ik ze opdraag."

Ze aarzelde nog steeds toen ze voor haar stoel ging staan, maar toen leunde hij voorover en nam haar op zijn schoot, haar benen bungelend over een armleuning van de stoel.

Na slechts een korte pauze nestelde ze zich tegen zijn brede, harde borst, sloeg haar armen om zijn nek en zuchtte.

Hij sloeg zijn gespierde armen om haar heen en trok haar nog dichter naar zich toe.

'Ik vind je leuk Brian,' zei ze, hoewel haar stem gedempt tegen zijn borstkas klonk.

'En ik vind je leuk,' antwoordde hij. 'Ik wou dat ik de apparatuur had om je te bewijzen dat die idioot het bij het verkeerde eind had met al het andere aan het bed.'

Anytha giechelde een beetje en vroeg zich meteen af hoeveel wijn ze op een lege maag had gedronken.

Hij kneep haar opnieuw en toen ze op zijn schoot ging zitten, voegde hij eraan toe:

"En als je interesse hebt, de taal werkt nog prima."

Hij haalde het eruit en verplaatste het als bewijs.

Anytha moest nu hardop lachen.

Ze kwam van zijn schoot af.

"Ik denk dat ik maar beter ga voordat je me meer te drinken geeft. Je geeft me het gevoel dat ik een geil schoolmeisje ben!"

"Dus mijn duivelse plan loopt zoals verwacht," lachte hij, hoewel hij zijn stoel opzij schoof zodat ze op de bank kon gaan zitten.

Ze was haar jas en zo aan het verzamelen toen hij haar tegenhield.

'Hoe dan ook, kan ik je ervan overtuigen om vrijdag te komen eten? Mijn tweelingbroer zal er zijn. Ik wil dat je hem ontmoet.'

Hij zocht in zijn bordeauxrode herinnering.

'Zei je dat hij je tweelingzus is?'

'Ja. Identiek. Alleen was hij niet dom genoeg om op een motor te stappen als hij dronken was.'

'Eh,' aarzelde hij.

'Geen excuses. Je hebt al toegegeven dat je geen leven hebt.'

'Verdomme. Oké. Wanneer?'

"Je kunt me om 6.40 uur helpen met mijn post, dan comfortabelere kleren aantrekken en naar mijn huis gaan, laten we zeggen 7.40 uur", zei hij met een knipoog.

Ze lachte.

"7:40 is prima."

HOOFDSTUK 4

Op vrijdagavond trok Anytha een yogabroek en een oversized T-shirt aan.

Slippers maakten de outfit af.

Hij bleef opzettelijk op zijn mobiele telefoon bij de deur van Brian's huis tot 7.40 uur.

Toen hij klopte, ging de deur meteen open.

Brian had duidelijk gewacht tot ze naar binnen zou kloppen.

Zij lachte en hij lachte en gaf haar een glas wijn.

'Kom mijn broer ontmoeten,' zei hij, terwijl hij haar naar de bank leidde.

Het was een kopie van hem, tot aan de zwarte spijkerbroek en het witte overhemd met open hals toe.

Hij stond al op en draaide met uitgestoken hand de bank om.

"Hoe dan ook, dit is John."

'Het is een voorrecht iemand te ontmoeten die het wil aannemen,' zei John, terwijl ze haar hand pakte en die toen naar zijn lippen bracht om een kus op de palm van haar hand te planten.

"Dat was heel schattig," antwoordde Anytha.

'Ik ben gewoon de schattigste broer. Hij is de ondraaglijk saaie. Kom zitten,' voegde hij eraan toe en trok haar naar de bank.

"Kan ik helpen met het avondeten?" Zij vroeg.

'Hij laat je niet helpen,' verzekerde John haar, 'omdat je alle dozen kon zien waaruit zijn 'zelfgemaakte' eten kwam.'

'Heel grappig,' sleepte Brian mee en liep terug naar de keuken.

'Dus ik begrijp dat je problemen had met een ex?' vroeg Johan.

'Oh, uh...' Anytha bloosde boos.

'Brian heeft het me verteld. Geen details, alleen dat, eens kijken hoe hij het zei?' De dwaas verknalde zijn zelfrespect. 'Ik heb aangeboden hem te helpen de dwaas in elkaar te slaan. Maar nu ik je heb ontmoet, lijkt een pak slaag ongepast. We moeten tenminste zijn vinger- en teennagels verwijderen.'

Brian draaide zich om en overhandigde John een biertje.

'Is dat jouw idee om een gesprek te beginnen?' Hij keek boos naar zijn broer.

John haalde alleen zijn schouders op.

'Ik ben niet zo goed in het vertellen van onzin over het weer. Bovendien is alles wat het hier doet regen. Het beperkt de verscheidenheid aan grappige zinnen.'

"Echt jongens, ik probeer gewoon door te gaan met mijn leven. Niemand hoeft geraakt te worden," kwam Anytha tussenbeide.

'Het is een kwestie van mening,' zei Brian, zijn broer aankijkend.

'Ik hou ook van jou, broer,' schreeuwde John toen Brian naar de keuken terugkeerde.

Hij keek naar Anytha.

'Hij houdt van me,' zei ze met een knipoog.

'Heb jij ook gevoetbald?' vroeg Anytha, in een poging het gesprek in neutraal terrein te brengen.

"Een paar jaar, maar het gaat lang duren en ik dacht dat ik me beter kon concentreren op een ... meer realistische carrière."

'Oké jongens,' riep Brian. "Het is tijd voor het avondeten."

John stond op, pakte haar hand en trok haar naar de eettafel in de hoek van de kamer bij de ramen.

Het was de eerste keer dat ik merkte dat de tafel mooi gedekt was.

Brian stak kaarsen aan in het midden van de tafel.

Buiten gingen de stadslichten aan toen de lucht donkerder werd.

Brian pakte een afstandsbediening.

"Jazz, pop of rock?" Ik vraag het ze.

'Ik ben ernstig ondergekleed,' zei ze, terwijl ze haar voeten tegen Johns handgreep zette.

"Onzin", riep John uit. "We eten meestal naakt."

'Dus je bent gedekt,' zei Brian.

Hij drukte op een knop op de afstandsbediening en zachte jazz vulde de kamer.

Hij schoof een stoel naar voren zodat ze naar de ramen kon kijken, en Johns zachte maar aandringende hand op haar rug zette haar tegen beter weten in.

Toen ze allebei tevreden waren dat ze niet zou weglopen, gingen ze naar de keuken en brachten het eten snel naar de tafel.

Daarna gingen de broers aan elk uiteinde van het tafeltje zitten en zorgden ervoor dat ze tijdens het diner de aandacht kregen.

Ze hadden een ongelooflijk vermogen om het gesprek bij hem terug te brengen toen hij dacht dat hij ze naar een ander onderwerp had afgeleid.

Ze dronken ook twee keer met haar, de ene vulde haar glas terwijl ze een vraag van de andere beantwoordde.

Hij ontdekte al snel dat zijn vermeende tegenargumenten niets meer waren dan een vermomming voor zijn diepe band.

Toen iedereen eindelijk klaar was met tafelen, bood Anytha aan om de afwas te doen.

"Niet!" Brian zei, hij sprong zo nadrukkelijk.

'Kijk,' zei John tegen haar, 'hij verstopte de voedseldozen in de vaatwasser. Ik wist dat ze ergens verstopt zaten.'

"Ik wil gewoon dat we allemaal naar de bank gaan en dit geweldige gesprek voortzetten", betoogde Brian.

"Maar..."

"Mijn huis, mijn regels. Vuile vaat blijft staan tot ze volledig gerijpt zijn. Kom op."

HOOFDSTUK 5

Hij rolde zich naar het ene uiteinde van de bank, dus John ging naar het andere uiteinde van de bank en verliet het midden voor Anytha.

Ze zuchtte, pakte haar glas wijn en liep door de kamer.

Zodra hij ging zitten, vulde Brian zijn glas met de fles die hij in zijn stoelzak had bewaard.

Toen dat gedaan was, verraste Brian haar en gebruikte de kracht van zijn bovenlichaam om van de stoel op de bank te komen.

Daar aangekomen draaide ze zich om en leunde met haar rug op zijn arm, tilde haar rechterbeen op de kussens en wees dichter naar Anytha, terwijl ze de bank voor haar schoot streelde.

"Ga hier zitten. Tijd voor een nekmassage."

'En dan kun je ons alles vertellen over de reis waar je het eerder over had in Italië,' zei John.

Hij draaide zich gedeeltelijk op de bank om naar haar te kijken en leunde op zijn andere arm, bijna als een spiegelbeeld van Brian.

Anytha nam een grote slok van de wijn en zocht een plaats voor het glas.

John verwijderde het en legde het op de tafel achter hem.

Ze voelde zich totaal ongemakkelijk, ging weer zitten en voelde hoe Brians handen om haar middel haar dichter naar zich toetrokken.

Ze deed haar teenslippers uit en begon haar benen over elkaar te kruisen, maar toen legde John zijn voeten op haar schoot.

Zijn sterke handen begonnen over zijn bogen op zijn rug te wrijven terwijl Brian aan zijn nek en schouders werkte.

Anytha stak haar hand uit om zich beter voor te bereiden en Brian legde zelfvoldaan zijn handen op haar dijen.

Ze vroeg zich af waarom hij zich niet in het minst ongemakkelijk voelde.

Anytha zuchtte.

'Als je zo doorgaat, herinner ik me niets meer van de reis naar Italië.'

'Doe het dan niet,' zei Brian zacht achter haar. "Doe gewoon je ogen dicht en geniet."

Brians handen baanden zich een weg langs haar rug, zijn duimen bewogen de spieren langs haar ruggengraat terwijl zijn vingers alle spieren vonden en ze ontspanden.

Ondertussen leek iets wat John met zijn voeten deed recht in zijn maag te schieten en heerlijke hitte te verspreiden.

Toen Brian haar onderrug bereikte, kreunde ze van plezier.

Toen hij haar stuitje bereikte, boog ze haar rug van verrukking en gooide haar hoofd achterover met een lang getrokken "Ahhh".

Brian en John wisselden een stil bericht uit.

Brians handen klommen over haar zijden onder haar topje en John stak zijn hand uit om haar kuiten te wrijven.

Anytha reageerde niet toen Brians handen naar de blote huid van haar yogabroek reikten.

Ze bleef maar neuriën van plezier.

Toen Brian de onderkant van haar beha bereikte, liet hij zijn vingers onder de riem aan de achterkant glijden en leunde naar voren.

'Anytha, is dat wat je wilt?'

Bijna met tegenzin boog ze haar hoofd om John in de ogen te kijken.

Zeg ja, hij heeft haar overtuigd.

Zijn handen waren gestopt met bewegen en wachtten op zijn antwoord.

Anytha's maag draaide zich om en ontwaakte uit een lange slaap.

En Johns ogen op de hare waren zo warm en serieus en vriendelijk.

Ze sloot haar ogen en stemde toe.

Ze was aangenaam optimistisch en niet dronken.

Langzaam opende ze haar ogen weer en John was er nog steeds, geduldig wachtend.

Ze knikte.

'Je moet het zeggen, Anytha,' drong Brian zacht aan.

'Zeg wat je van ons wilt,' voegde John eraan toe, 'van ons allebei.'

Ze slikte.

'Ik wil dat je met me vrijt.'

"Wij allebei."

Johns antwoord was een verklaring, geen vraag, maar ze antwoordde toch.

"Ja."

Ze knikte gretig en onmiddellijk ging haar beha los en Brian's handen lagen op de rand van haar shirt, langzaam optillend en ervan genietend.

'Strek je armen, Anytha,' beval hij en ze leunde achterover zodat hij haar kon bereiken en loslaten.

Voordat ze haar armen weer liet zakken, had John zich tussen haar benen bewogen.

Zijn vingers hielden de bandjes van haar beha vast en trokken ze naar beneden en naar voren.

Op het moment dat ze vrij was van zijn armen, boog ze zich voorover, kruiste haar armen voor haar borst en probeerde zich te herinneren of ze in de fase met kleine borsten was of dat al het andere te groot was.

John greep haar polsen stevig vast, trok hard en zacht aan haar armen en duwde haar handen naar de bank.

'Je bent in alle opzichten mooi, Anytha.'

Zijn gezicht kwam dichter naar haar toe en zijn lippen raakten het puntje van haar neus en toen haar lippen.

Brian's handen draaiden om haar borsten en toen John zich een beetje terugtrok, gebruikte Brian die handen om haar tegen zijn borst aan te nestelen.

Toen waren John's lippen op haar rechtertepel, hongerig aan het zuigen en likken.

Brian's vingers trokken en knepen in haar linkertepel.

Haar rug kromde en haar hoofd viel op Brians schouder.

Zijn zachte kussen landden als regen op haar nek en schouder, terwijl zijn tanden zachtjes aan haar oorlel knaagden.

Het contrast tussen de zachte aanraking van Brians lippen en zijn hebzuchtige aanval op haar borsten was bijna ondraaglijk.

Ze kronkelde, bang dat ze Brian pijn zou doen, maar hij hield haar stevig vast en lachte zelfs terwijl ze luid kreunde.

Toen hij dacht dat het geen moment langer kon duren, leunde John achterover en groeven zijn vingers in zijn brede tailleband.

Hij stopte daar, bewoog niet, en ze tilde haar hoofd op om zijn blik op haar gericht te houden, blijkbaar wachtend op toestemming.

Ze knikte en onmiddellijk trok hij haar elastische broek naar beneden en trok ze van haar benen.

'Heel mooi,' ademde Brian in haar oor.

'Wacht,' zei John. "Het wordt beter."

Hij draaide zijn vingers in haar slipje en wachtte opnieuw op toestemming.

Anytha huiverde van verwachting terwijl ze knikte.

John was deze keer veel langzamer en onthulde zijn heuvel en vervolgens zijn schaamlippen met zo'n ondraaglijke zorg dat hij van frustratie wilde schreeuwen.

Het moet hem zijn opgevallen, want hij lachte terwijl hij de rest van de weg haar slipje uittrok.

Voordat haar voeten weer op de bank konden landen, werden haar benen over John's schouders gegooid en zat hij al in haar kutje.

Zijn tong scheidde haar lippen.

'Hé,' protesteerde Brian, 'dat is mijn werk.'

'Ik wil het gewoon proberen,' verzekerde John haar, zijn lippen mompelend op de hare.

Toen groef zijn tong diep en likte eraan en ze hijgde en draaide zich om tot hij haar heupen vasthield.

Toen hij zich eindelijk terugtrok, likte hij zijn lippen en keek naar Brian.

"God, ze is zo nat. Dit meisje heeft al lang niet meer lekker geneukt."

'Verdomme, laat me het doen,' mompelde Brian.

"Jullie allemaal," stemde John blij in en plotseling stonden beide voeten op de grond.

John's sterke arm had haar om haar middel, tilde en draaide haar alsof ze niets woog, en toen ging ze op zijn schoot zitten en voelde zijn erectie op haar kont en zijn handen die haar borsten masseerden en streelden.

Ondertussen had Brian zich al gepositioneerd voor een volledige frontale aanval op haar kutje.

Hij likte plagend haar buitenste lippen en liet zijn tong ertussen op en neer gaan, af en toe een lichte aanraking van haar clit waardoor ze naar adem snakte en glimlachte.

Ze besefte dat hij precies wist wat hij haar aandeed.

Ze vermoedde ook dat hij wachtte tot ze om meer zou smeken.

'Alsjeblieft, Brian. Je martelt me hier.' Ze draaide zich om om de nadruk te leggen.

"Harder, sneller of dieper?" vroeg hij met een grote glimlach.

'Dat alles hierboven,' kreunde hij.

Ze zag haar ogen naar die van John gaan en de handen van haar broer bewogen plotseling van haar borsten om haar dijen net boven haar knieën te grijpen.

Hij trok ze uit elkaar en stelde ze volledig bloot aan Brians spionentong.

Net zoals Anytha zich er vaag voor schaamde om zo bloot te zijn, doopte Brian zijn tong diep in haar en de intensiteit van zijn warme, levende tong in haar strakke, gretige en ongebruikte kutje wist al het andere uit haar hoofd.

Ze draaide haar hoofd weer naar John.

De hoek van haar nek en schouder, plotseling binnen handbereik, zonk gretig haar lippen en tanden in haar koortsige huid.

Ze begon te wisselen tussen luid gekreun en scheldwoorden.

Brian ging van haar kutje naar haar klit en begon te zuigen en af te trekken met zijn lenige tong.

Het duurde maar enkele ogenblikken voordat ze snikte, wurgde en schokte tegen Johns stevige greep en Brians koppige tong.

Net toen ze naar beneden kwam van een explosief orgasme, stak Brian een vinger in haar kutje en begon haar g-spot te bewerken totdat het weer explodeerde.

Zijn rug kromde bijna pijnlijk.

Ze was nog nooit twee keer achter elkaar gekomen en ze was er vrij zeker van dat het in een plas zou smelten toen Brian zich uiteindelijk terugtrok en John haar benen losliet en zijn hoofd omdraaide om haar zachtjes te kussen en haar wang in zijn grote hand sloot om wegen.

Toen hij haar eindelijk losliet van de kus, keek ze om zich heen en zag dat Brian weer in zijn rolstoel zat. ""

Genoeg voorspel,' zei hij. In de slaapkamer. "

HOOFDSTUK 6

Anytha wilde zeggen dat als het voorspel aan de gang was, ze niet zeker wist of ze de seksuele daad zou overleven, maar ze zat gevangen in Johns armen en werd achter Brians stoel gedragen.

Toen hij haar op de rand van het bed zette, ontdekte ze dat ook hij erin was geslaagd zijn wijn te dragen.

Hij gaf het haar met een knipoog.

'Je hebt dit nodig om je kracht op te bouwen,' zei John.

"We willen onattent zijn", voegde Brian eraan toe, die zich al aan het uitkleden was.

Ze keek met verbazing toe hoe hij zich een beetje uitkleedde en toen over het bed leunde.

Hij zag ook dat het bed al was opgemaakt.

Waren ze er zo zeker van hen te verleiden of waren ze zo hoopvol?

Ze keek Brian verlegen aan terwijl hij tegen een kussen aan het hoofdeinde van het bed leunde.

"Kan ik iets voor je doen?" Zij vroeg.

Het was niet moeilijk om te zien dat zijn pik een beetje gezwollen was, zo niet hard.

Hij glimlachte lief en schudde zijn hoofd.

'Ik zou het niet voelen als je dat deed. Je kunt me meer plezier doen door ervan te genieten.'

"Oh, na alles wat je hebt gedaan, denk ik niet dat ik meer kan komen..."

'Ik neem geen nee als antwoord,' zei John, terwijl hij achter haar aan sloop en op haar schouder knabbelde.

Ze giechelde bij het kietelen van zijn tanden.

"Dus wat kan ik voor je doen? Moet ik je afzuigen? Ik ben niet zo goed, maar..."

'Laat me raden. Dat heeft je ex-idioot je verteld,' zei Brian bijna grommend.

"Eh..."

'Ik wil niet het risico lopen vroeg aan te komen,' onderbrak John. 'Ik kan me voorstellen dat ik je nog minstens twee keer kan laten komen. Drie als ik erover nadenk.'

'Je zult hem wat tijd moeten geven,' waarschuwde Brian. 'Ze is net zo strak als de man in het kerstverhaal.'

"Prima", gaf John toe. 'Je hebt het uit en ik zal het me laten zien hoe vreselijk het niet is.'

"MIJ..."

"Sssst. Schatje."

John bracht het wijnglas naar haar lippen tot ze een paar slokjes nam, reikte toen naar haar toe en zette het op het nachtkastje.

Hij klopte op het bed.

"Handen en knieën. Ze wijzen naar die speelse kut die je hebt overal waar meneer Brian eraan kan werken.

Anytha onderdrukte nog een giechel en voelde zich een beetje dom toen ze probeerde zichzelf te positioneren met haar kutje binnen Brian's bereik.

Hij hielp haar volgen en trok haar dichter tegen zich aan tot haar voeten het hoofdeinde raakten waarop hij leunde.

Toen hij tevreden was, knikte hij naar John, die voor Anytha ging zitten zodat ze voorover kon buigen en zijn zeer grote, zeer harde erectie in haar mond kon nemen.

Zijn pik was evenredig aan haar schouders en borst, groter dan iedereen die ze ooit eerder had gezien, maar ze was vastbesloten om hem te behagen en het plezier terug te geven.

'Doe het,' zei hij met een bemoedigende glimlach, leunde naar voren en gooide zijn armen naar achteren.

Anytha likte en plaagde zachtjes de eikel van zijn pik, en volgde hem toen met haar tong.

Terwijl John een hand om de basis legde om ze terug te provoceren.

Toen ze het eindelijk in haar mond kreeg, werd ze beloond met een tevreden zucht van John en een plotselinge vinger van Brian op haar kutje.

Ze probeerde zich te concentreren op het zuigen en likken van John, maar het was erg verontrustend dat Brians lange, dikke vinger haar vrijelijk van binnen verkende.

Toen hij over de voorwand van haar vagina begon te wrijven, was het als een kleine explosie van genot.

Ze gromde verbaasd, wat John leuk leek te vinden.

Hij bewoog zijn heupen om iets dieper in haar mond te duwen en draaide zijn hoofd naar achteren.

Anytha was net begonnen Johns pik op en neer te pompen toen ze een tweede vinger in haar kutje voelde gaan.

Daarna verkenden ze allebei overal, af en toe op zoek naar hun G-spot of pompten ze in en uit, maar ze begon te vermoeden dat hij probeerde haar niet tot een orgasme te brengen; Bewaar dat voor zijn broer.

Hij kon de druk in zijn maag niet geloven.

Dat ze mogelijk weer zo opgewonden kon raken, maar ze duwde terug tegen zijn vingers, op zoek naar meer stimulatie.

Ten slotte sloeg hij speels op haar wang.

'Ik ben hier de dokter. En ik zal zeggen wanneer.'

Anytha kreunde en John hapte naar adem en maakte zich los uit haar mond.

"Verdomme, vrouw! Als je ex je zo had laten kreunen, zou hij zeker niet hebben geklaagd dat je aan zijn pik zuigt." Hij viel dramatisch op het bed. 'Misschien moet ik een koude douche nemen.'

'Man,' zei Brian, terwijl hij een derde vinger naar Anytha liet glijden.

Ze hapte naar adem en hij kalmeerde haar.

"Geef hem een minuutje. Je ex moet ook zwak zijn geweest, bovenop al het andere. Haal adem, schat."

Hij begon over haar stuitje te wrijven in wat haar vorige massage een van haar erogene zones had genoemd.

Toen hij haar kutje zijn vingers voelde grijpen en het dieper probeerde te trekken, knikte hij naar John.

'Ze staat voor je klaar. Maar wees stil.'

Hij trok langzaam zijn vingers uit en ze voelde zich weer opgetild en verdraaid, alsof ze gewichtloos was.

Het voelde alsof er plotseling een enorm leeg gat in haar maag was verschenen, en haar adem kwam met onregelmatige ademhalingen.

Nog steeds op handen en knieën, maar nu voor Brian, voelde ze John tegen de ingang van haar kutje duwen.

Ze duwde terug ondanks de pijn terwijl hij het verder uitrekte, wanhopig om het gat te vullen.

Plotseling greep John haar heupen en trok haar de rest van de weg op de eikel van zijn pik.

Anytha haalde diep adem en hield hem in.

Ze hief haar hoofd op.

Brian keek John met samengeknepen ogen aan.

Toen keek hij Anytha bezorgd aan.

'Adem, schat. Stap in en uit.'

'Dat snap ik,' zei John, blijkbaar om Brian gerust te stellen. 'Hoe dan ook, ik zal pas verhuizen als je er klaar voor bent. Oké? Laat het me weten.'

Toch meende ze hem te voelen beven van de poging om stil te blijven.

Maar toen, net zo plotseling als de pijn was gekomen, was het weg en was de wanhopige behoefte om de leegte te vullen teruggekeerd.

Anytha duwde zo hard ze kon achteruit, maar voelde John zich geschrokken terugtrekken.

'Hoe dan ook, nee! Rustig aan. Ik wil je niet verscheuren.'

Ze probeerde het opnieuw en hij deed een stap achteruit, zijn greep om haar middel knijpte nu in plaats van te trekken.

'Rustig aan lieverd,' waarschuwde Brian, terwijl hij haar armen greep om haar naar voren te duwen.

Anytha schudde gefrustreerd haar hoofd.

"Je moet me vullen. Ik ben al zo lang leeg. Alsjeblieft John!"

Zijn greep om haar middel verstrakte.

"Oké. Ik kom naar je toe. Laat me het tempo bepalen, oké? Ik zal wat harder duwen en dan terug. Ik zal het een paar keer doen om je sappen te verspreiden en dan bij te vullen. Dat beloof ik. Oké?"

Brian greep nu haar armen.

'Anytha,' zei hij, in een poging haar aandacht te trekken.

Ze was op zoek naar.

Zweet bevochtigde haar haar en maakte er krullen van.

"Zijn pik is bijna net zo groot als zijn ego. Hij weet hoe hij dit goed moet doen. Laat hem voor je zorgen."

Ze knikte en vertrouwde op haar eigen behoeften.

John kneep een paar centimeter en gleed toen een beetje naar achteren, alleen zijn hoofd erin achterlatend.

Hun sappen verspreidden zich en bedekten zijn lid.

Het kostte nog een paar centimeter in en uit.

Toen kneep hij langzaam tot hij het einde van haar bereikte.

Anytha slaakte een diepe zucht.

Ze heeft zich nog nooit zo vol en voldaan gevoeld.

In het begin bewoog het langzaam in en uit en won elke keer een fractie van een centimeter in diepte.

Elke keer dat ik het einde bereikte, kreeg ik het magische gevoel volledig terug te zijn.

En het werd sterker en sterker en de explosieve druk die zich in haar had opgebouwd kwam naar de oppervlakte.

En toen was hij helemaal binnen, zijn ballen tegen haar klit, zijn ademhaling even onregelmatig als de hare.

Anytha ontmoette Brian's ogen en hij knikte en liet haar armen los.

Anytha duwde terug tegen John, ook al was er geen pik meer om te nemen.

Hij keek naar Brian en legde toen zijn handen op zijn heupen.

Hij trok langzaam achteruit en sloeg toen tegen haar aan toen ze zich terugtrok om hem tegemoet te komen.

Toen bewogen ze samen en Anytha snakte naar adem elke keer dat zijn ballen haar klit raakten.

John worstelde om zijn orgasme in bedwang te houden, ook al worstelde ze om het hare los te laten.

Haar ogen waren stevig gesloten, haar zintuigen waren volledig gewikkeld rond wat er in haar maag gebeurde.

Plotseling merkte Anytha Brians krachtige vingers op.

Twee masseerden elke kant van haar clitoris, net op tijd voor Johns strelende beweging.

De vingers van zijn andere hand knepen en wrijven over de kuiltjes aan de zijkant van zijn stuitje.

Alsof er een circuitverbinding tot stand was gebracht, explodeerde alles in haar tegelijk.

Ze viel plat op het bed en schreeuwde op de matras terwijl een golf van orgastische golven door haar wezen schoot.

Ze was zich vaag bewust van Johns trage ritme toen hij ook kwam, maar toen pompte hij weer tegen haar aan, terwijl hij zijn heupen tegen zijn stoten hield, in een poging zijn orgasme te verlengen.

HOOFDSTUK 7

Op een bepaald moment in de ochtend werd iedereen wakker, nestelde zich tussen de twee mannen en voelde zich completer dan ooit.

Haar arm lag om de man voor haar en ze schaamde zich helemaal toen ze zich realiseerde dat ze niet wist of het Brian of John was.

Pas toen de man achter haar bewoog en zijn knieën tegen de hare drukte, kon ze daar zeker van zijn.

Ze glimlachte blij toen ze besloot dat het een prachtig dilemma was.

Toen iedereen een tijdje later eindelijk uit bed kwam en Anytha zich aankleedde en zich klaarmaakte om terug te keren naar haar eigen appartement, zei Brian:

'Weet je, we kunnen elke vrijdagavond samen eten. Als je interesse hebt.'

'Het is een belofte,' zei hij, terwijl hij aan de deurknop draaide en huppelend langskwam.

EINDE

67